Si le das una fiesta a

Si le das una fiesta a una cerdita

ESCRITO POR Laura Numeroff

ILUSTRADO POR Felicia Bond

SCHOLASTIC INC.

Originally published in English as *If You Give a Pig a Party* by
HarperCollins Children's Books, a division of HarperCollins Publishers.

Translated by J.P. Lombana

ISBN 978-0-545-66597-1

Text copyright © 2005 by Laura Numeroff.
Illustrations copyright © 2005 by Felicia Bond.
Translation copyright © 2014 by Scholastic Inc.

12 11 10 9 8 7 6 5 4 3 2 1   14 15 16 17 18 19/0

Printed in the U.S.A.   40

First Scholastic Spanish printing, January 2014

Si le das una fiesta a una cerdita,

te pedirá unos globos.

Cuando le des los globos,
empezará a decorar la casa.

Cuando termine de decorar,
se pondrá su vestido favorito.

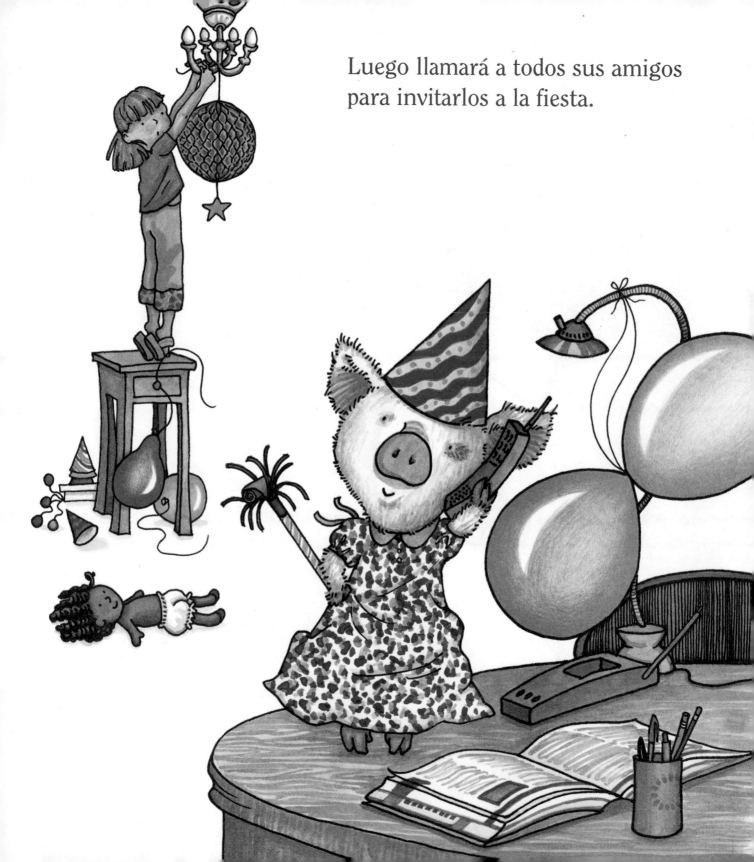

Luego llamará a todos sus amigos
para invitarlos a la fiesta.

Sus amigos no estarán en casa,
así que tú y ella tendrán que ir a buscarlos.

En el camino, ella verá una feria.

Te pedirá que la lleves a montar
en los carros chocones.

Allí encontrará a todos
sus amigos.

Entonces tendrás que llevarla
a todas las atracciones.

También querrá jugar todos los juegos.

Después de jugar, te pedirá un helado.

Cuando termine de comerse el helado,
necesitará cambiarse el vestido.
Tendrás que llevarla a casa.

Ella le pedirá a sus amigos
que la acompañen.

En el camino, comenzará a jugar a las escondidas.

Cuando por fin lleguen a casa, tendrás que preparar la cena.

Después de cenar, ella invitará a sus amigos a dormir. Tendrás que buscar pijamas,

mantas y almohadas para todos.

Cuando vea las almohadas, seguramente comenzará

una guerra de almohadas.

Luego, hará un fuerte
con las mantas.

Por supuesto,
cuando el fuerte esté listo,
pensará que debe decorarlo.
Así que te pedirá

unos globos.

Y lo más seguro es que

cuando le des los globos,

te pida que le des
una fiesta.